以诗抵心——

邂逅最美的唐诗

桑妮—著

三乖—绘

北京联合出版公司
Beijing United Publishing Co.,Ltd.

目录

§

越古老越美好　遇见最美的唐诗

用一种日常的美意，
来阅读这幽幽而雅的最美唐诗，
然后带着对生活的热爱，
来体悟这唐诗中的美。

愿所有的人可相遇，
与这最美的唐诗邂逅，
如同"金风玉露一相逢"！

终南别业

（唐）王维

中岁颇好道，晚家南山陲。

兴来每独往，胜事空自知。

行到水穷处，坐看云起时。

偶然值林叟，谈笑无还期。

扫码聆听本诗文

"行到水穷处，坐看云起时"，有多少人为这份幽静远邈的清心寡欲所动容。

这是田园诗人王维最能表达朴素生活和静谧内心的诗句。

是的，生活需要一颗无欲的心，才能抵达一处最具美意的地方。

诚如诗人，寻一处人间静好之地居住，远离人声鼎沸抑或繁华世俗，不再去应酬世事，只与好风景、好心情做伴。

若问怎么可能做到如此超凡洒脱，即是心境所决。你的内心若怀了禅意里的高远、平静、简朴、寡欲，那么，你就可以让心灵避离尘俗，变得内心清朗、无欲无求。所居之地，便也僻静闲适。

由此，可于心中修篱种菊，可于山间信步闲走，走到水尽处亦可坐看风起云涌，偶遇"林叟"更可畅聊不谈归去。

山中的气息，与山中的景色，皆十分好。山林情趣多，白云、流水里你会悟到人生的真意，不觉得世间有穷途末路，总还有新的选择等在另一处。

南山仰止里、山川物化里，暗含的便是这人生的真义，再无需多言。

心意可领会的，全然在于你的自心！

后世里，亦有太多人以此铭心意——所谓大隐隐于市，真正的内心的宁静，不是自然的造就，而是来自于自己心境的外化。

终南别业

（唐）王维

中岁颇好道，晚家南山陲。

兴来每独往，胜事空自知。

行到水穷处，坐看云起时。

偶然值林叟，谈笑无还期。

锦瑟

（唐）李商隐

锦瑟无端五十弦，一弦一柱思华年。

庄生晓梦迷蝴蝶，望帝春心托杜鹃。

沧海月明珠有泪，蓝田日暖玉生烟。

此情可待成追忆，只是当时已惘然。

扫码聆听本诗文

月夜，他悄然弹奏一曲《锦瑟》。

就此，一曲凄婉的千古绝唱倾倒了无数世人。

字句间的意境之扑朔迷离，情感之深长远邈，至今无人可以超越，正如元好问诗曰："一篇锦瑟解人难"。

是的，从他朝至今已引无数不同解说及猜测，歧见纷纭里，它已成千古之谜。

有人言说，它是为咏瑟诗，庄生梦蝶、望帝啼鹃、沧海有泪、蓝田生烟里，深蕴着瑟之适、怨、清、和的四种乐调；亦有人言说，这是一首悼亡诗，是为他在孤寂中思念亡妻而作；更有人说，这是一首爱情诗，垂暮之时想起锦瑟年华里曾经的爱情。还有，还有所谓伤世诗，抑或理想诗之说。

如是种种，皆说的是它的意蕴幽隐，其妙义不可明言。

于是，世人便更爱它这一首。于诗句间，是每一人都可将自己理解的深意付诸于它，仿若绕梁之乐，回味里无穷。

我最爱的还是它字句上的美意——光"锦瑟"二字，就觉得美得心间微动，庄生梦蝶里更觉得浪漫无限。也会为望帝啼鹃的幽怨无声落泪，更会为沧海里鲛人之泪化为万千明珠感动不已，而那片蓝田山的美玉更让我爱恋不已，虽泥土深埋，却可于天晴日暖里生出袅袅的轻烟。

这意境，美得不可方物。

不过，我在年少时引用最多的却是"此情可待成追忆，只是当时已惘然"。

当时，还真是一个"为赋新词强说愁"的善感年纪。

沧海月明珠有泪，蓝田日暖玉生烟。

此情可待成追忆，只是当时已惘然。

锦瑟

（唐）李商隐

锦瑟无端五十弦，一弦一柱思华年。

庄生晓梦迷蝴蝶，望帝春心托杜鹃。

沧海月明珠有泪，蓝田日暖玉生烟。

此情可待成追忆，只是当时已惘然。

美诗

闻王昌龄左迁龙标，遥有此寄

（唐）李白

杨花落尽子规啼，闻道龙标过五溪。
我寄愁心与明月，随风直到夜郎西。

世间，除了爱情让人牵肠挂肚外，友情也会。

这首七绝，就将此情愫表达得淋漓。

那一年，好友王昌龄因小节而被贬官下放，李白知晓后便赋诗一首从远方遥寄予他。短短四句抒情短章里，却饱含万千沉重情感。

虽写南国暮春之景，烘托的却是哀伤愁恻：杨花即柳絮，子规则是杜鹃，相传杜鹃是那蜀王杜宇的精魂所化，啼鸣声里全是凄切。正是在这柳絮飞扬、杜鹃啼哭里，好友王昌龄被迁谪到五溪之外的荒僻偏远的不毛之地。

读来，让人不免唏嘘不已。

外人闻之都不免神伤，更何况王昌龄是他的至交好友。如是，他以明月为载体，将一片念友的愁心托付，愿它可伴随王昌龄一直走到那夜郎以西，以期给予他些许安慰。

仿若情人间的心心相印，一代宗匠李白将友情亦写得如此绵密真挚。

也无怪乎，这千百年来，他始终是后世人景仰不已的那一个。

闻王昌龄左迁龙标，遥有此寄

〔唐〕李白

杨花落尽子规啼，
闻道龙标过五溪。
我寄愁心与明月，
随风直到夜郎西。

美诗

早春呈水部张十八员外二首
（其一）

（唐）韩愈

天街小雨润如酥，草色遥看近却无。

最是一年春好处，绝胜烟柳满皇都。

写小物，是最难写的，尤其是诗。

短短数字里，可气象万千、海纳百川的，最为难得。韩愈这首，可以为之。

在这首诗里，他运用最为简朴的文字，却将最为常见的"小雨"和"草色"描绘得生动万千。口语化的小清新里，藏着的是最不平淡的深蕴意美。

他自己亦说过："艰穷怪变得，往往造平淡。"也是，最是"平淡"里，最是来之不易。

且看：

初春里的小雨，本是最为平常之物，于他的眼里却是那温润如酥的绵美之物；细雨微醺，将小草也渲染得如烟似黛，近看似没有绿意，远看则绿意芊绵成片。这样的时节，怎能不是一年之中最美的景色呢？是然，会远远胜过绿柳满城的暮春时节。

如此，莞尔转折里，诗人韩愈就如若一位水墨高手，挥洒墨染里的不是纤纤妙字，而是一幅浑然天成的妙画，画境里不是笔触可及，而是巧夺天工的自然之成。

——散发着的是一种淡素的、似有却无的光泽。

早春呈水部张十八员外二首（其一）　（唐）韩愈

天街小雨润如酥，

草色遥看近却无。

最是一年春好处，

绝胜烟柳满皇都。

美诗

春夕

（唐）崔涂

水流花谢两无情，送尽东风过楚城。
胡蝶梦中家万里，子规枝上月三更。
故园书动经年绝，华发春唯满镜生。
自是不归归便得，五湖烟景有谁争？

诗人崔涂曾于巴、蜀、湘、鄂、秦、陇等地以客久居，由此得了"孤独异乡人"的称谓。

身在异乡自孤独，于是怀乡诗也作得比他人哀恸沉郁。

此为他的名篇，一句"蝴蝶梦中家万里，子规枝上月三更"，于岁月的无声里传诵经年。

春水远流，可是暮春近了，落花皆随春去也。春光如此易逝，岁月亦如此无情。转瞬数年，我依然为异客，送走过无数次的春的最后一缕风，过尽湘鄂一带，心尽戚戚然。

落红满地、柳絮漫天的残春景色里，最是思乡。日思亦夜想。

给人以安慰的夜，可梦见自己化为蝶，飞越万水千山看见了魂牵梦绕的故乡。然而，更伤人的是，梦醒时分正值夜半三更，杜鹃儿还在枝桠上凄厉地啼叫，叫得人心伤魂也伤。

好盼望家中来的书信，可这战乱里几年收不到一封信是常态，于是在日日夜夜的期盼里度过了数个春去秋来。到如今，春意里万物萌生，而镜中的我却早已满头白发。

也可轻易归去的，五湖风景再是浩瀚也无法阻挡我归去的路，可是我还一事无成，如何归见父老乡亲？

仆仆风尘，仕途坎坷，或许是命定，就这样在伤悲里苦痛。

春夕

（唐）崔涂

水流花谢两无情，送尽东风过楚城。

胡蝶梦中家万里，子规枝上月三更。

故园书动经年绝，华发春唯满镜生。

自是不归归便得，五湖烟景有谁争？

春江花月夜

（唐）张若虚

春江潮水连海平，海上明月共潮生。
滟滟随波千万里，何处春江无月明！
江流宛转绕芳甸，月照花林皆似霰。
空里流霜不觉飞，汀上白沙看不见。

江天一色无纤尘，皎皎空中孤月轮。
江畔何人初见月？江月何年初照人？
人生代代无穷已，江月年年只相似。
不知江月待何人，但见长江送流水。
白云一片去悠悠，青枫浦上不胜愁。
谁家今夜扁舟子？何处相思明月楼？

可怜楼上月徘徊，应照离人妆镜台。

玉户帘中卷不去，捣衣砧上拂还来。

此时相望不相闻，愿逐月华流照君。

鸿雁长飞光不度，鱼龙潜跃水成文。

昨夜闲潭梦落花，可怜春半不还家。

江水流春去欲尽，江潭落月复西斜。

斜月沉沉藏海雾，碣石潇湘无限路。

不知乘月几人归，落月摇情满江树。

　　《春江花月夜》这几个曼妙的字，实则为乐府吴声歌曲名。

　　传说为南朝陈后主所作，只是原词在那个不易留存文字的年代失传；后来，隋炀帝杨广曾用此美名著诗两首，虽得以留存却因只五言四句，短浅空洞得不值一提。

　　唯有这首《春江花月夜》，千百年来倾倒世人无数。

　　张若虚，一生虽仅留下两首诗，却凭这一首诗"孤篇横绝，竟为大家"。闻一多曾评价此诗："在这种诗面前，一切的赞叹是饶舌，几乎是亵渎。"

　　的确，在六朝浮华文风笼罩下，无病呻吟的宫体诗盛行一时，而他这首动情真挚、富有哲理意味的优美清新、婉转悠扬之诗，一洗宫体诗那份厚重的浓脂艳粉之气，给人澄明、空灵、清丽之感。

　　此诗既归于乐府，它便自带乐府诗一贯的离愁情愫，浅显的白话语境里，我们依稀看到一个离人立于江岸边，眼前是一望无垠的潺潺流水，一袭浓稠得化不开的哀愁，如烟似雾地笼罩着他。

　　春江潮涨，明月初升，这美幻交错叠现的美景，恍然将人带入一个奇妙意境：春天的江潮水势浩渺，与浩瀚的大海连成一片，一轮皎洁的月从海上袅袅升起，仿佛要与潮水一起涌出一般。月色真美，皎洁月光辉映下的春江水波潋滟千万里。春江水蜿蜒流淌，绕着花草丛生的原野，月光辉映下的树林里绽放着的鲜花丛，犹如细密的雪珠在闪烁。

　　如此月色，将世间万物浸染成梦幻一般的银灰色，流霜飞泻而下竟然不被察觉，洲上的白沙更是和这月色融为一体，看不分明。江水与天成一色，澄明的天空中一轮孤月高悬。如他一般。

不由得感叹，这江边谁是第一个初见江上月亮的人，谁又是被江上月亮初照的那一个？明月一岁一千年，看尽世间人情冷暖，世人或伴月初生，或望月而终，没有谁可以参透这自然玄妙。唯有这江月，无论人是年华如水逝去不复返，还是繁衍生息绵延久长，它总是年年如此。

心似被触动了，这孤寂的江上月似在等待什么人一般，却又永远不能如愿地孑然一身；月光之下，只有大江急流奔腾不息着。真真应了那句"江月有恨，流水无情"，一如世间男女的相思离愁别恨。

游子们多如那一片白云悠悠，无情离去，只剩下思妇站在离别的青枫浦，愁怨恨薄。

今夜，是否有游子坐在小船上漂流？而某一处抑或多处，也有人在月色穿透的楼阁上相思成灾。月色撩人相思泪，不照楼阁，偏生照进相思人的门帘内，照进她的梳妆台、捣衣砧上，风拂而入，相思人欲借风将这恼人的月光赶走，却谁知是卷不去，拂还来。

既然拂不去，就随它相思入梦吧。

或许，她思念的人正如她一样沐浴在同一片月光下；或许，也像她一般望月思念，那就托这月色遥寄相思一片吧。更何况，鸿雁飞不出这无边的月光，鱼龙跃不出这深水，唯有这月色可遥寄相思了。

望月而入梦，竟然梦见了落花凋零满闲潭，春已过半，而自己回家的日子还遥遥无期。此刻，望向江水，只见奔流不息的江水一浪又一浪地拍打着，好像要将这整个春天都带走一般。不知不觉里，江边的月亮已经西斜了。

渐渐地，渐渐地，斜月隐入海雾之中，夜色凄迷、月光如水里，不知会有几人在这轮明月下赶着回家，亦有多少离人思妇远隔在千山万水之外思念着归人？

反正，诗人自己那无着无落的离情，已然无处安放了，唯有守着这野蒲孤舟蓄满思念，看江流依旧、落月徒照，将江边花树点染得凄清无许；看人间离情万种，皆在那花树上摇曳、弥漫。

就此，全篇结束。

意境却未绝，仍勾魂夺魄，余音绕梁。

有人说，自《诗经》至张若虚，其间一千几百年，没有谁可将一轮江月写得如此妙笔生花、凄美多情。

确实如此。

江天一色无纤尘，皎皎空中孤月轮。

春江花月夜

（唐）张若虚

江畔何人初见月？江月何年初照人？

人生代代无穷已，江月年年只相似。

不知江月待何人，但见长江送流水。

白云一片去悠悠，青枫浦上不胜愁。

谁家今夜扁舟子？何处相思明月楼？

春江潮水连海平，海上明月共潮生。

滟滟随波千万里，何处春江无月明。

江流宛转绕芳甸，月照花林皆似霰。

空里流霜不觉飞，汀上白沙看不见。

江天一色无纤尘，皎皎空中孤月轮。

春江花月夜

（唐）张若虚

昨夜闲潭梦落花

可怜春半不还家

江水流春去欲尽

江潭落月复西斜

斜月沉沉藏海雾

碣石潇湘无限路

不知乘月几人归

落月摇情满江树

可怜楼上月徘徊，应照离人妆镜台。

玉户帘中卷不去，捣衣砧上拂还来。

此时相望不相闻，愿逐月华流照君。

鸿雁长飞光不度，鱼龙潜跃水成文。

春江花月夜

（唐）张若虚

长门怨

（唐）徐惠

旧爱柏梁台，新宠昭阳殿。

守分辞芳辇，含情泣团扇。

一朝歌舞荣，夙昔诗书贱。

颓恩诚已矣，覆水难重荐。

扫码聆听本诗文

徐惠的封号是"贤妃"，为唐太宗的嫔妃之一。

　　那年，她是有名的才女，聪明伶俐，深得唐太宗的宠爱。然而，作为宫中的一名嫔妃，可谓忧患满心，深知幽居宫中因爱不得而不能生的卑微滋味。

　　于是，我们看到了她诗中汉时失宠的陈阿娇、辞辇而泣团扇的班婕妤。

　　即便当初汉武帝曾言之凿凿地许诺"若得阿娇作妇，当作金屋贮之也"，然而，当汉武帝有了卫子夫等美女之后，就把阿娇晾在金屋里了，早已忘记曾经的诺言。看似华贵的金屋，最后不过是金子堆砌的孤寂牢笼罢了。

　　所谓旧爱难敌新欢，即是这般吧！

　　且看那"昭阳殿"里住着的汉成帝新宠赵飞燕，更明了旧爱、新欢之间的千差万别。

　　然而，同她们一样是嫔妃的徐惠，却不生自怨自艾之心，而是欣赏辞辇的班婕妤，在宫中女子皆盼着君王宠爱的情况下，班婕妤可以一脸正气地断然拒绝登上香车与君王行，将这别的嫔妃求之不得的恩赐拒之千里，真是难得。即便最后落了个"含情泣团扇"的结局又如何，那独属于女子的傲骨永远在。

　　这，亦是徐惠喜欢的女子该有的样子。

　　唯感叹，安分守礼的班婕妤反而被嫌弃，娇艳放荡的赵飞燕姐妹取代了她的位子反倒受宠爱，正所谓"自古只见新人笑"，"旧人"班婕妤只好凄凄凉凉地到长信宫侍奉太后。在汉成帝的眼里，连她读的诗书都变得卑贱。往日的恩宠，早已忘却，如泼出去的水，再无法重拾。

　　还好的是，她保有了一份女子的自尊和傲骨。

　　这，亦是徐惠深谙和欣赏的。要知道，在后宫佳丽万千的情状下，她虽未曾失宠，却也是敏感多思的，虽然唐太宗李世民并非昏君，也不荒淫无度，然她和他却是难以像世间平凡夫妻那般朝夕相守、夜夜相伴的。

　　由此，她不免神伤。

长门怨

（唐）徐惠

旧爱柏梁台，新宠昭阳殿。

守分辞芳辇，含情泣团扇。

一朝歌舞荣，夙昔诗书贱。

颓恩诚已矣，覆水难重荐。

如意娘

（唐）武则天

看朱成碧思纷纷，憔悴支离为忆君。

不信比来长下泪，开箱验取石榴裙。

这首柔情万千的情诗，是武则天写给她曾深爱的唐高宗的。

十四岁入宫为才人，而后获唐太宗赐号武媚，由此，她的生命里有了"武媚娘"这个称谓。

以为可以就这样慢慢变老，谁知巧逢高宗李治，并互生了爱慕之心。太宗崩，她被遣往感业寺削发为尼。因爱慕高宗而生出思念无许，于是写了这首相思极苦的情诗。

字字句句间，都氤氲着一股凄苦相思的愁怨，且看她言之：

因念你的情愫深浓，我日日夜夜坠入一种魂不守舍里，以至于恍惚迷离中竟将红色看成绿色。这样的我，何止精神恍惚，更在日夜的相思里愈发憔悴不堪。若是君不信我为你流下的长长相思之泪，那就开箱看看我穿过的那件石榴裙上的斑驳泪痕吧！

此情深意浓，虽仅四句二十八字，却于言简意赅里将相思悉数诠释。

为后世人所盛誉的是，其极尽相思愁苦之感，及尺幅之中的曲折有致，很好地将南北朝乐府的风格融于一体，于明朗中见含蓄，于绚丽中见清新。

实属特别难得的好诗，绝对的上乘之作。

看朱成碧思纷纷，憔悴支离为忆君。

如意娘

（唐）武则天

看朱成碧思纷纷，

憔悴支离为忆君。

不信比来长下泪，

开箱验取石榴裙。

美诗

彩书怨

（唐）上官婉儿

叶下洞庭初，思君万里馀。

露浓香被冷，月落锦屏虚。

欲奏江南曲，贪封蓟北书。

书中无别意，惟怅久离居。

这是上官婉儿写给唐中宗的诗。

她以一个闺中思妇的口吻，将自己对唐中宗的思念之情寄寓其中。

不是真的在写自己，而是摹想之作。

当洞庭湖边的秋叶萧瑟落下时，我知道恼人的秋天又来了。时光匆匆，相聚的时间总是比期待的时间短那么多。满江的红叶悠悠，让人不由得想起千里之外的你。秋天的夜，是长的，然而比不过相思的长。天寒露重，因你不在身边，更显得无尽的凄凉，月影西斜，色彩斑斓的屏风里空无一人。这样的孤寂，真是令人抓狂啊。

想要演奏一曲旖旎缠绵的江南小调，然而这情意思念不及我给你写信，将对你的想念一字一句变成黑色的可辨识的字，然后再一封又一封地封存后寄于蓟北的你。这，是如此之好。

信中，无他，满满都是我独居的惆怅，及对你深深的思念。

彩书怨

（唐）上官婉儿

叶下洞庭初，思君万里馀。

露浓香被冷，月落锦屏虚。

欲奏江南曲，贪封蓟北书。

书中无别意，惟怅久离居。

代悲白头翁

（唐）刘希夷

洛阳城东桃李花，飞来飞去落谁家？
洛阳女儿惜颜色，坐见落花长叹息。
今年落花颜色改，明年花开复谁在？
已见松柏摧为薪，更闻桑田变成海。
古人无复洛城东，今人还对落花风。
年年岁岁花相似，岁岁年年人不同。
寄言全盛红颜子，应怜半死白头翁。

扫码聆听本诗文

此翁白头真可怜，伊昔红颜美少年。

公子王孙芳树下，清歌妙舞落花前。

光禄池台文锦绣，将军楼阁画神仙。

一朝卧病无相识，三春行乐在谁边？

宛转蛾眉能几时？须臾鹤发乱如丝。

但看古来歌舞地，唯有黄昏鸟雀悲。

洛阳城是美的，即便是暮春时节。

人来人往的繁华里，点缀着的是绽放的娇艳花朵。所谓满城春色、生机盎然，就此让人心驰神往不已。

只是，如此美景也让人心生时光易逝的感慨，花开繁茂之后即是落英缤纷，那些桃李芬芳后的纷飞，让人有不知飘飞何处之感。飞来飞去的落花，最终也不知道落入了谁家？一如美好的青春红颜，岁月中溜走的全是伤逝。

所以，洛阳年轻的有着潋滟容颜的女子们，独坐院中，看漫天飞舞的落花飘在春的泥土上，不免长声而叹。叹美的短暂，亦叹有限的人生。

红颜易老，生命多无常，今日可看这繁花凋零落花缤纷，明年花开时节不知又有谁会看到这繁花似锦的盛况？就像俊秀挺拔的松柏，也难逃被摧残砍伐作为柴薪的命运；漫漫的桑田，也终将变成汪洋的大海。

忽而转折。故人在经历岁月的伤逝之后，早已不再悲叹洛阳城的凋零之花了，唯有年轻人才会随风伤怀落花的凄凉。

或许是经历过，明白世事本会如此。

年年岁岁，繁花依旧；唯看花人，岁岁年年不同。未经世事的少年啊，当应珍惜这美好年华，更应怜悯那白发老翁。要知道这位白发老翁，也曾经风流倜傥，曾与公子王孙寻欢于芳菲之地，在树下花前歌舞吟赏，曾像东汉光禄勋马坊那样奢华地用锦绣装饰池台，也曾像贵戚梁冀那样在府邸楼阁中涂画云彩神仙。

然而，豪华的奢侈生活不过是浮云一片，当富贵不再，当经历了病患困境，他还不是如素人一般无人理睬，三春行乐、清歌妙舞也只好让于别人。

由此可见，美人又如何，富贵公子又如何！

妩媚的容颜，抵挡不住时光的摧残；荣华富贵，也可在须臾之间消失殆尽。

人生似梦，再繁华热闹的歌舞升平之地也终会落幕收场，只余那些离群鸟雀在清冷的暮霭中发出几声悲鸣。

一切过往都是浮华。所以，珍惜当下吧！

水精帘动微风起，满架蔷薇一院香。

代悲白头翁

（唐）刘希夷

年年岁岁花相似，岁岁年年人不同。

寄言全盛红颜子，应怜半死白头翁。

此翁白头真可怜，伊昔红颜美少年。

公子王孙芳树下，清歌妙舞落花前。

光禄池台文锦绣，将军楼阁画神仙。

洛阳城东桃李花　飞来飞去落谁家

洛阳女儿惜颜色　坐见落花长叹息

今年花落颜色改　明年花开复谁在

已见松柏摧为薪　更闻桑田变成海

古人无复洛城东　今人还对落花风

代悲白头翁

（唐）刘希夷

一朝卧病无相识，

三春行乐在谁边？

宛转蛾眉能几时？

须臾鹤发乱如丝。

但看古来歌舞地，

唯有黄昏鸟雀悲。

§

越古老越美好　遇见最美的唐诗

风清月朗，

落花满径的旖旎绮丽里，

是唐诗流盈着的如水似梦年华，

或淡、或浓地入你心，

入我心，入他心，光华世代，

穿透历史烟尘演绎着万千绵骨柔肠，

若读，是字字句句都熟络心间，

知晓世间万千涓涓心事。

美 诗

凉州词

（唐）王之涣

黄河远上白云间，一片孤城万仞山。

羌笛何须怨杨柳，春风不度玉门关。

那时，唐与吐蕃之间展开激烈的酣战。

很多男儿都为了盛世而远赴边关。远离故乡、亲人、妻儿，他们油然生出无限怀乡的情。

诗人王之涣以悲悯的字句，将戍边士兵的怀乡情写得淋漓尽致，令人潸然泪下。

站在高处，纵目而望，看到的是滚滚奔腾的黄河水渐行渐远，让人不由得想起愈来愈远的故乡，或许是思乡情深，依稀间看见黄河水好似奔流进缭绕弥漫的白云间了。于是，故乡的远，便深埋在了心间。

身处塞上的城，在万仞高山中好像一座孤城，盘踞在那处，是如此的孤峭冷寂，犹如每一位在这里的士兵，因不知归期而怅然若失。

在这里，最怕听到的是幽怨的羌笛声。不过别怕，这遥远的边塞本来就不是春风可以吹到的地方，哪里会有杨柳可折，让你听充满离愁别绪的悲凉曲调《折杨柳》呢？

也别怨，怨也没用。玉门关是从来没有春风吹入的。

只有收起思念之心，坚强、专注地打好每一场恶战，好让返乡的归期近一些，再近一些。

凉州词

（唐）王之涣

黄河远上白云间，

一片孤城万仞山。

羌笛何须怨杨柳，

春风不度玉门关。

美 诗

江南逢李龟年

（唐）杜甫

岐王宅里寻常见，崔九堂前几度闻。

正是江南好风景，落花时节又逢君。

这首诗里，全然可见的是世态炎凉。

当时，李龟年是深受唐玄宗赏识的音乐家，由于嗓音优美，常常会在豪门贵族的宴会上献唱。年少时的诗人杜甫才情卓绝，也常常会受邀到豪门贵族的堂前做客。诗人出入岐王李隆范和中书监崔涤的门庭时，也能欣赏到李龟年的演唱。

对于李龟年的演出，诗人是无比欣赏的。而那时，正值盛世，歌舞升平里也不觉得光阴虚度。

然而，弹指一挥间，十几年过去，二人再重逢，虽是在烟雨秀丽的江南，却无甚快意。眼前纷乱的环境，早已不是昔日盛世，意气风发、为人歌唱数阙的李龟年也流落江南许久，颠沛流离间难掩的是贫困潦倒。

良辰盛景不再，江南也是暮春落花的凄凉时节。

故人相逢，也只剩无限沧桑凄凉之感了。

岐王宅里寻常见，崔九堂前几度闻。

正是江南好风景，落花时节又逢君。

江南逢李龟年

（唐）杜甫

岐王宅里寻常见，

崔九堂前几度闻。

正是江南好风景，

落花时节又逢君。

问刘十九

（唐）白居易

绿蚁新醅酒，红泥小火炉。
晚来天欲雪，能饮一杯无？

这是首充满人生闲趣的小诗。

那时，诗人白居易隐居在洛阳城。忽然有一天，想起好友刘十九，因此赋诗一首相邀。

他写道，在日光温和的时候，特意新酿一坛好酒，虽然现在还没有过滤，酒面上还泛着酒渣的泡沫，那微微泛绿的光影，细小如蚁。

寥寥几字，让人好像已闻到这新酒扑鼻的醇香了。

诗人已备好了粗拙小巧的火炉，炉火烧得殷红，新酒正烫在火上，围炉而坐煞是温暖。

望望天色，想来今晚会有一场雪要到来。我亲爱的朋友，暮色来临的时刻，能不能来这里一起饮一杯温醇的酒呢？

我有酒，你有故事，小叙浅吟里，也会觉得岁月静好。

问刘十九

（唐）白居易

绿蚁新醅酒，

红泥小火炉。

晚来天欲雪，

能饮一杯无？

长干行二首

（唐）崔颢

君家何处住？妾住在横塘。
停船暂借问，或恐是同乡。

家临九江水，来去九江侧。
同是长干人，自小不相识。

有人把这首诗看作是男女相悦的问答诗，正如民歌中的对唱。

因为一说到男女相悦，就觉得美好，所以倒也可以作为爱情诗来解析此诗。

古时的女子，多含蓄，在采莲时遇到风阻，想约伴同行时，环顾四周却不见其他女子，只有一个男子由旁边路过。于是，她巧妙地说自己家住在建康的横塘，用这样的话来套男子住在何处。既然抛出了问题，那么就停下小船接着再聊两句吧：听口音觉得咱们二人应该是同乡呢。

大胆而聪慧的女子，可爱又活泼，自然是收获了男子的好感。

于是男子回答道：我家挨着九江水，来往这九江边。看来咱们同是长干人，可惜为什么没能青梅竹马，竟没见过面。

相识恨晚的意思，溢于言表。

事实上，古今中外，相见恨晚的爱情太多了。他们是其中一例，庆幸的是互诉了衷肠，美好的爱情或许在不久的日后就能收获。

绿蚁新醅酒，红泥小火炉。

晚来天欲雪，能饮一杯无？

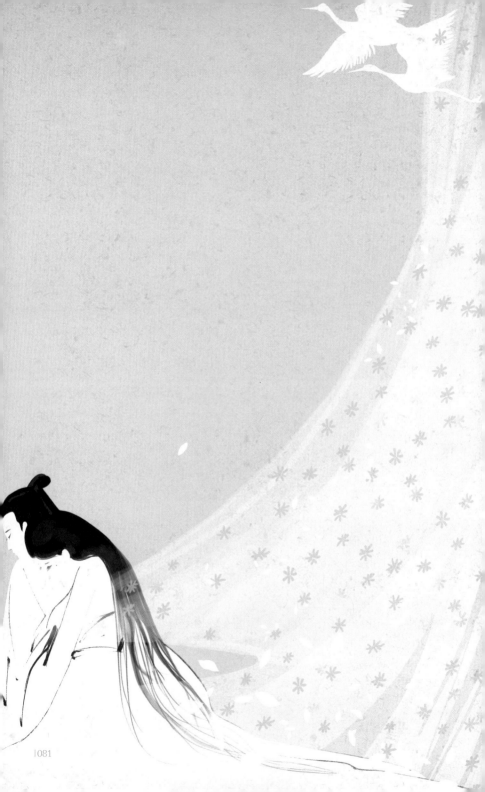

长干行二首

（唐）崔颢

君家何处住？妾住在横塘。

停船暂借问，或恐是同乡。

家临九江水，来去九江侧。

同是长干人，自小不相识。

美 诗

桃花溪

（唐）张旭

隐隐飞桥隔野烟，石矶西畔问渔船。

桃花尽日随流水，洞在清溪何处边。

扫码聆听本诗文

一看到是写桃花，便觉得美好，尤其是在古时的诗意里。

　　桃花的景象，非常美。桃花溪边，暮春时节，落英缤纷里，诗人透过云烟缭绕，看见有座横跨山溪的长长的桥，忽隐忽现，似有若无，好像进入了仙境。幽深、神秘里，诗人好像来到陶渊明笔下的那个世外桃源。

　　忽然，在嶙峋的岩石旁，落花翩翩的溪水上，一艘渔船轻摇而近。伫立在旁边，诗人不由得恍惚了，这渔人莫非就是当年进入桃花源中的武陵人？

　　于是，一句询问脱口而出：

　　"我每天只见到这片片桃花瓣，随着清澈的溪水漂浮而去，却不知那神秘而美好的世外桃花源在这清溪的哪一处？"

　　空灵、优美、神秘的画意，跃然纸上，让人感觉生活的美好。

桃花尽日随流水，洞在清溪何处边。

桃花溪

（唐）张旭

隐隐飞桥隔野烟，

石矶西畔问渔船。

桃花尽日随流水，

洞在清溪何处边。

美 诗

送元二使安西

（唐）王维

渭城朝雨浥轻尘，客舍青青柳色新。
劝君更尽一杯酒，西出阳关无故人。

因为战争的缘故，古时的阳关成为了离别之地。

在这里发生了太多的离别故事。

送元二使安西，也是在这里发生的。当清晨的绵绵细雨，打湿了渭城的街道，青砖绿瓦的客栈被洗礼得格外干净，随风而舞的柳枝里散发着清新的芬芳。只是，友人在如此沁人心脾的美景里却要启程奔赴沙场。

只有劝告亲爱的朋友，请你在这里再饮一杯离别的酒，珍惜这难得而短暂的相聚时光。因为这一次西出阳关之后，就不知道什么时候能够再见到你了。

这样述说下的离别，多见而寻常。因此，千百年来，从古到今，在宴席上离别的时候，人们都会高歌一曲"劝君更尽一杯酒"来表达离别的不舍之情。

这正是久唱不衰的离别古诗！

劝君更尽一杯酒，西出阳关无故人。

送元二使安西

（唐）王维

渭城朝雨浥轻尘

客舍青青柳色新

劝君更尽一杯酒

西出阳关无故人

美诗

寒食

（唐）韩翃

春城无处不飞花，寒食东风御柳斜。

日暮汉宫传蜡烛，轻烟散入五侯家。

诗人所处年代有很大的贫富悬殊。

"朱门酒肉臭，路有冻死骨"，是当时的现状，几乎无任何虚构的痕迹。

这首诗虽然没有讲平常百姓的凄苦情况，却也是一首对比强烈的讽刺诗。

春天的长安城，一派繁荣景象。东风吹拂下，皇城中的杨柳飞絮落得漫天、满城。春意正浓，这是个盛世。盛世的寒食节也是隆重的，这个在古时候被重视的节日，是要禁火三天、只吃冷食的。

这个节日里，寻常百姓都是要这样做的。

只有那些被皇宫恩赐的王侯贵戚们不是这样，他们可以在黄昏时接受宫中传出的御赐的烛火。傍晚时分，你若看见谁家庭院里轻烟袅袅，那么他家一定是被册封的王侯贵族。

当时这样的风气，在诗的巧妙寓意中，入木三分。

因此，这首诗也被传为佳话，流传至今。

寒食

（唐）韩翃

春城无处不飞花，

寒食东风御柳斜。

日暮汉宫传蜡烛，

轻烟散入五侯家。

美 诗

章台柳
——寄柳氏

（唐）韩翃

章台柳，章台柳，昔日青青今在否？

纵使长条似旧垂，也应攀折他人手。

诗人是"大历十大才子"之一。

曾经，他与柳氏有过一段传奇的爱情故事。当时，他因才情卓绝，被一富家李生看重，于是把家中歌姬柳氏赠给他。谁知，安史之乱爆发，长安、洛阳两京都被攻陷。兵荒马乱的年代，柳氏因模样太过惊艳肯定不能独自居住，因此削发为尼，却依然不能幸免，被沙吒利所劫，并宠为己有。

待到京师收复后，诗人韩翃用一袋沙金托人带着他的诗《章台柳》到长安寻柳氏，柳氏在长安只能捧诗哭泣，有缘无分的爱情只能让她回赠一首凄凉的诗《答韩翃》（一作《杨柳枝·答韩翃》）："杨柳枝，芳菲节。可恨年年赠离别。一叶随风忽报秋，纵使君来岂堪折。"

借这个典故，可以明白这首诗里满蕴的伤情。

问长安城的柳，其实是问章台的柳氏，昔日你婀娜多姿的身影是不是还在，你艳美的容颜是不是还和以前一样？世事纷乱，你独身一人居住，是不是安全？我像以前一样思念你，在邪恶猖獗的世道里，你那柔弱的身体不知道是不是被他人攀折得不像样子了。

可是，那又怎样，我仍待你如初。

世间，最情真意切的爱情，应是这样！

章台柳，章台柳，昔日青青今在否？

章台柳——寄柳氏

（唐）韩翃

章台柳，章台柳，

昔日青青今在否？

纵使长条似旧垂，

也应攀折他人手。

春宫怨

（唐）杜荀鹤

早被婵娟误，欲妆临镜慵。

承恩不在貌，教妾若为容。

风暖鸟声碎，日高花影重。

年年越溪女，相忆采芙蓉。

扫码聆听本诗文

过去的帝王时代，春宫里有无数的怨声载道。

因为进宫的女子们并不是因为爱情而入宫，所以很多人不被帝王宠幸或不愿意被帝王宠幸。

她们大多是因为容貌娇艳被召入宫中，妃子的美貌程度决定了她能不能得宠。因此，宫中的怨念就更深了。

入宫后，妃子因为不得宠而带来的无尽寂寞与孤苦，如同遁入大海一样没有尽头，所以就懒得对镜梳妆打扮了。所谓"女为悦己者容"，也是这般。既然没有人喜欢自己，何必还要梳妆打扮呢？看着镜子里面自己孤独的身影，也只能深深地哀叹一声。

等爱的女子，最是可悲。

尤其是处在钩心斗角、献媚邀宠的宫中，容貌再美好，打扮再娇艳，也是无济于事。

窗外，一片春风和暖、鸟叫声轻脆、花影层叠的美好景象，女子难免春心荡漾，渴望爱却得不到，是那样的寂寞空虚。不由得想起过去在若耶溪西施浣纱的地方，与儿时长大的女伴们采莲的美好时光：荷叶、罗裙，芙蓉似脸，脸似芙蓉，三五成群地嬉戏在潺潺的溪流之中。

哀怨、苦恼，在那个时候从没有过。

或许，不曾长大的女子才最快乐。

风暖鸟声碎，日高花影重。

年年越溪女，相忆采芙蓉。

春宫怨

（唐）杜荀鹤

早被婵娟误，欲妆临镜慵。

承恩不在貌，教妾若为容。

风暖鸟声碎，日高花影重。

年年越溪女，相忆采芙蓉。

美诗

春怨

（唐）刘方平

纱窗日落渐黄昏，金屋无人见泪痕。

寂寞空庭春欲晚，梨花满地不开门。

日落、黄昏、春晚、落花，构成了一首哀婉凄绝的宫怨诗。

　　黄昏近，日落斜阳里，纱窗上的光渐渐消失，屋内开始灰暗起来。寂寞生，空荡荡的房间里，是一室的孤独氤氲，泪流满面后也是无人可见泪痕的。

　　我是被幽闭深宫的人，就此一生将如此。

　　庭院空寂，与世隔绝的日夜都是孤寂，若春色浓艳，心还会生欢喜，怎奈何却在这花事已了的暮春。

　　重门深掩，满树的如雪梨花，在风絮里飘然落地，无以排遣的心绪更难承受。怕是到美人迟暮时，也难将这重门打开。

春怨

（唐）刘方平

纱窗日落渐黄昏

金屋无人见泪痕。

寂寞空庭春欲晚，

梨花满地不开门。

§

越古老越美好　遇见最美的唐诗

每一首诗的背后，
都可读出一段人生，
或豪放、或婉约、或精致、
或浓情、或淡雅、或壮阔
如是等等，我们可于霜天月凉里，
窥见梦里一抹罗衣慢轻叹，
亦可在眷眷难当时、泪墨为书里
看见一个人的海阔星沉，
莞尔，觉幸，
幸与这些古老的唐诗相逢，
仿如置身良辰美景，明月当照里，
看世间万千荣辱里的浮浮沉沉。

……

《和乐天春词》

（唐）刘禹锡

新妆宜面下朱楼，深锁春光一院愁。

行到中庭数花朵，蜻蜓飞上玉搔头。

古时候，宫中的怨念特别多。

女子因为美貌会被选入宫中。可是，皇帝只有一人，万人争宠下，不单单靠着美貌就可以得宠。要有际遇，也要有缘分，甚至还要有心机。所以，不被宠的女子，是非常寂寞的。因此，诞生了很多宫怨的诗词。

写宫怨闺情的诗特别多，可是这首写得尤其婉约新颖，别出蹊径。

庭院深深深似海，宫院比庭院更深。不过，再深幽也是宫女的命运。某一日，有一宫女把自己梳妆得娇颜若霞，春的气息，绿意的召唤，都让她心情大好，感觉良辰美景里将有各种希望的可能。于是，她下了阁楼，漫步在庭院中，或许会偶遇心上那个人。

怎知，良辰确实是良辰，美景确实是美景，莺歌蝶舞、柳绿花红里，却只见庭院深深、院门紧锁，只有孤寂的自己，就更生了寂寞和满目的愁。

真是自寻烦恼啊！美好的春光中，她再没有心思赏玩了，只好寂寥地"数花朵"来驱散烦忧。这无人赏识的、转眼即逝的春花啊，和自己没有什么不同。哀叹、自怜、伤感的时候，有蜻蜓轻轻飞落"玉搔头"。

这真是无情的讽刺。

空有花容月貌，连蜻蜓都错将她看作花朵，可是又怎样，仍然没能吸引到那个心上的人。

这才是无尽无望的落寞。

《和乐天春词》

（唐）刘禹锡

新妆宜面下朱楼，

深锁春光一院愁。

行到中庭数花朵，

蜻蜓飞上玉搔头。

美诗

金缕衣

（唐）佚名　杜秋娘　唱

劝君莫惜金缕衣，劝君惜取少年时。
花开堪折直须折，莫待无花空折枝。

扫码聆听本诗文

梅艳芳的《女人花》歌词里借用过这首诗。

"花开堪折直须折，莫待无花空折枝"，用梅艳芳特有的低沉、沧桑、磁性的声音来演绎这句诗词，绝对是浑然天成的。她深情如水的演绎，道尽了一个成熟女子的寂寞与领悟，可以称得上是名副其实的经典了。

这首诗，确实也是当时流行的歌。

杜秋娘，原本就是大官僚家的一位歌女，由于才情满满，而被纳为妾。不久，因为叛乱，官僚被杀，她入宫为奴仍当歌舞姬。某一次，她以一首《金缕衣》打动了唐宪宗，于是帝王与她坠入爱河，她也被封为秋妃。

可见，这首古诗真是有很多故事。

因为是唱词诗，这首诗的释义浅显易懂。寓意：大家不要只贪慕荣华富贵，光爱惜那漂亮的金线衣衫，最应该爱惜的是年少的美好时光。就如那盛开绽放着的花朵，要及时采摘，不然待到花都衰败的时候，就只能折花枝了。

一切身外之物，再华美也都是浮华。人生最珍贵的还是那逝去不可复返的青春年华。

对于女子来说，更是这样。

世间女子都有过如诗一般的美好年纪，在月朗星稀的夜晚，也会像一朵含苞待放的花儿一般，摇曳着等待君的到来。只是在滚滚红尘中，有的人可以得到爱情，有的人只能凭空叹息。

繁华过境，有的只是凄凉，却不见温暖。

只希望你别待到岁月的风沙凋敝了所有记忆，才记起曾经有一位女子在自己的面前如花一般绽放。

感此怀故人，中宵劳梦想。

欲取鸣琴弹，恨无知音赏。

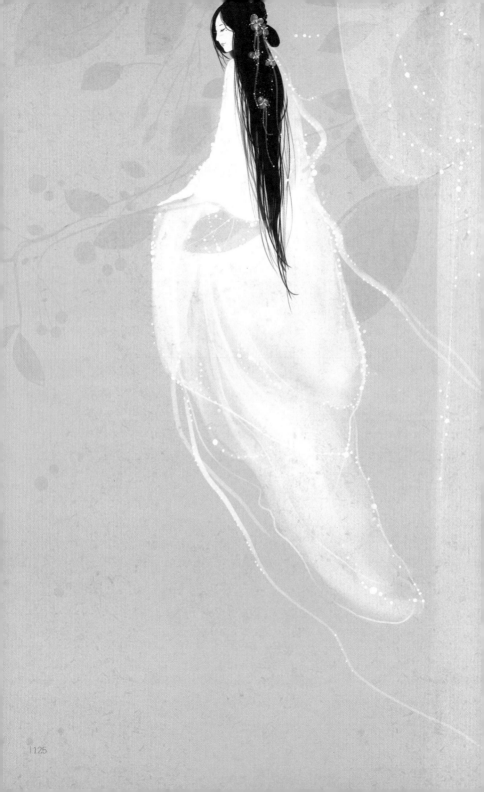

金缕衣

（唐）佚名

杜秋娘 唱

劝君莫惜金缕衣，

劝君惜取少年时。

花开堪折直须折，

莫待无花空折枝。

美诗

夏日南亭怀辛大

（唐）孟浩然

山光忽西落，池月渐东上。

散发乘夕凉，开轩卧闲敞。

荷风送香气，竹露滴清响。

欲取鸣琴弹，恨无知音赏。

感此怀故人，中宵劳梦想。

夕阳西下，山间的光影悄然褪去，池中的明月缓缓露出水面，四下里恬静而惬意。

夏夜如水，纳凉亭中，不管外界怎样，这是一个远离尘嚣的幽静空间。沐浴之后散着发也没事，只要身心足够放松。闲情逸致由此而来，轻轻打开窗户，慵懒地躺在榻上，赏黄昏下的夕阳美景是这样令人清心舒畅。

人的心境，全然沉浸在这美景当中。

清风徐徐，不时飘来池塘里的荷花香气，窗下竹叶上还有露珠轻轻落下，声音清澈悦耳。在这样美好的夜晚，诗人心生了想法，想要有个知音在旁边，弹琴说乐，好不快乐。

诗人这样想着，竟然入了梦乡，还梦见了亲爱的朋友。

日有所思，夜有所梦，"恨无知音赏"，却也暗示了诗人出世入世的交集，一种无奈中的洒脱旷达，只是心里很难平息。

山好水好也掩饰不住他的寂寞。

这也是当时多数文人墨客的心境与处境。如今，又未尝不是？

夏日南亭怀辛大

（唐）孟浩然

山光忽西落，池月渐东上。

散发乘夕凉，开轩卧闲敞。

荷风送香气，竹露滴清响。

欲取鸣琴弹，恨无知音赏。

感此怀故人，中宵劳梦想。

美诗

采莲曲

（唐）王昌龄

荷叶罗裙一色裁，芙蓉向脸两边开。

乱入池中看不见，闻歌始觉有人来。

整首诗洋溢着的全都是生活情趣。

　　采莲的少女们，身穿绿罗裙衫，混入荷塘深处。于是，美貌映衬着荷花，裙衫绿如荷叶，一时间竟然分辨不出荷在哪儿，她们在哪儿了。

　　人花相似，花和人一样美。若诗，若画，是如此的美。

　　忽一会儿，采莲的少女们呼啦啦地钻入莲池，不见踪影，直到听到曼妙的歌声响起，才察觉到有人悄然来到身边。

　　这生活当真是美好。

采莲曲

（唐）王昌龄

荷叶罗裙一色裁，

芙蓉向脸两边开。

乱入池中看不见，

闻歌始觉有人来。

积雨辋川庄作

（唐）王维

积雨空林烟火迟，蒸藜炊黍饷东菑。

漠漠水田飞白鹭，阴阴夏木啭黄鹂。

山中习静观朝槿，松下清斋折露葵。

野老与人争席罢，海鸥何事更相疑？

扫码聆听本诗文

过往的诗人，总会因为怀才不遇或者仕途不顺，找一个地方隐居。

诗人王维作此诗的时候，就是隐居辋川庄之时。现在，辋川庄已经有了一个更文艺唯美的名字——终南山。

在钢筋水泥的城市丛林待的时间长了，有人开始向往田园牧歌的生活，于是纷纷到了终南山。亲自耕种，以自己喜欢的方式过一生，也是极美好的。

诗人的田园牧歌生活，在那个时候更是惬意美好。置身在幽雅清淡的禅寂生活里，在辋川恬静优美的田园风光里，物我相惬，其乐融融。

且看：正赶上阴雨连绵的天气，地上湿漉漉的，在静谧的林野上空，有迟来的炊烟袅袅升起，静观这人间烟火，让人不由得心生暖意。能看到勤劳的女子，挎着亲手烧好的饭菜送往东面的田头，那里有她们的男人在劳作。

古时夫妻间的爱情，皆来自这相濡以沫的守望。

这里有着肥沃辽阔的水田，还有着生机勃勃的夏木，是如诗也如画一般美好的山野，偶尔有白鹭低低地飞过，也有黄鹂的清脆啼鸣。

这样的辋川山庄，真称得上是世外桃源。

在这里隐居，禅寂、养性，也是极快乐的事情。在空山中独处，在幽静的松林下歇息，或看木槿而体悟人生短暂；或采露葵以供应自己的斋饭。这悠闲的情趣，或许在世人看来有些孤寂寡淡。可是，对于内心丰盈的人，对于厌倦尘世喧嚣的人而言，是有着极大乐趣的。比起那世间纷扰、尔虞我诈的名利场，可谓天差地别。

如今，诗人已是十足的山野村夫一个，心中再没有杂念，抛开俗念一切随缘，不妨碍别人，与世无争，再不会被谁无端猜忌了。

就这样，可以免除尘世烦恼，如海鸥一般自在，悠闲地享受这山林中的乐趣了。

漠漠水田飞白鹭，阴阴夏木啭黄鹂。

积雨空林烟火迟，蒸藜炊黍饷东菑。

积雨辋川庄作

（唐）王维

积雨空林烟火迟，蒸藜炊黍饷东菑。

漠漠水田飞白鹭，阴阴夏木啭黄鹂。

山中习静观朝槿，松下清斋折露葵。

野老与人争席罢，海鸥何事更相疑？

美诗

零陵早春

（唐）柳宗元

问春从此去，几日到秦原？
凭寄还乡梦，殷勤入故园。

人生一世，因为生活困顿，因为时局动荡，都有可能颠沛流离，生活在他处。

于是，思乡的情怀就生了出来。

因为思念而情真意切，诗词就成了最好的表达。所以，古时思乡的诗词尤其多。这一首就是。

当时，诗人柳宗元被贬永州。作为生于长安、长于长安的诗人，这是痛彻心扉的结，只要身在异乡就永远打不开。

长安有他的回忆，有他的庄园，有他温暖的家，还有他的理想。

然而，因为厄运，他被贬到遥远的"南蛮之地"。于是，这往事成了他心里的隐痛，时日总是漫长得难以熬过去。

诗人思乡的心，更加迫切。遥远的长安城，再没办法踏入，只有借这春风捎去思念。

只希望春意里的生机盎然，把春的希望带回故乡，在梦中这春风也可以把自己带回故乡。

只是，再美好的春梦也会破灭。

回不去的，终究回不去。

人生事，总多无奈。

这便是人生吧！人无法反抗，只能学会适应，继而生存。

凭寄还乡梦，殷勤入故园。

问春从此去，几日到秦原？

零陵早春

（唐）柳宗元

问春从此去，

几日到秦原？

凭寄还乡梦，

殷勤入故园。

美诗

近试上张籍水部

（唐）朱庆馀

洞房昨夜停红烛，待晓堂前拜舅姑。
妆罢低声问夫婿，画眉深浅入时无。

古时诗人写"闺意"，总可以写到细微深处，可以写到人骨子里去，好像置身事中。

昨夜，洞房花烛，从女孩变成女人的新娘，在通宵烛火下等待着一早的拜见。古时的风俗里，成婚的第二天清早是要拜见公婆的，能讨得公婆欢喜的儿媳妇，这一辈子的境遇也不会太差。

所以，她心中有了忐忑。

精心装扮之后，还是忍不住轻轻问了下身边的郎君：我的眉画得深浅是不是合适，妆容浓淡可是公婆喜欢的样子？

软声细语下，全然流露出她所在乎的事情是能不能讨公婆的欢心。

对于"闺意"，这首诗可谓描述极致。不过，古时的文人，大多会以"闺意"比喻自己，这首诗也是这样。

当时，张籍是官拜水部郎中，平时诗人向他行卷，虽然已得到他的赏识，但是临到考试，仍然还有顾虑，所以用新妇比喻自己。对当时的文人来说，考取功名好像女孩出嫁，是终身大事。

如果考取了，就可以海阔天空；不然，就可能艰难一辈子。

女子出嫁，也是这样。如果深得公婆欢心，那么她的地位就稳了一辈子；不然，日子每一天都会很不好过。

此诗，以"入时无"三字为魂，寓意深刻，一时成千古佳话。

不过，对于我们后世的人而言，看到最多的，还是那时女子的生活和境遇。

近试上张籍水部

（唐）朱庆馀

洞房昨夜停红烛，

待晓堂前拜舅姑。

妆罢低声问夫婿，

画眉深浅入时无。

美诗

山亭夏日

（唐）高骈

绿树阴浓夏日长，楼台倒影入池塘。
水精帘动微风起，满架蔷薇一院香。

人活在世上，应该让自己快乐，不断发现这生活的美。

　　对此，古时人做得更好。

　　找一处山间幽静的庭院，置身在浓郁的绿荫里，或倚着亭台楼阁，或伫立烟水池畔，让微风轻拂，赏亭台楼阁在池中的倒影绰绰。

　　游走的风如同看不见的手，轻轻拂过水晶般光莹剔透的珠帘，沁人心脾的蔷薇香气倏地荡漾开去，弥漫在庭院的每一个角落。

　　绿荫浓郁、楼台倒影、池塘水波、满架蔷薇，这夏日的美，令人屏息。

　　最爱"满架蔷薇一院香"的美意。

山亭夏日

（唐）高骈

绿树阴浓夏日长，

楼台倒影入池塘。

水精帘动微风起，

满架蔷薇一院香。

美诗

牡丹

（唐）薛涛

去春零落暮春时，泪湿红笺怨别离。

常恐便同巫峡散，因何重有武陵期。

传情每向馨香得，不语还应彼此知。

只欲栏边安枕席，夜深闲共说相思。

情别诗，薛涛这篇写得最动容。

当时，"扫眉才子"薛涛多与文人才子在一起赋诗对唱，最让她倾心的是元稹。两人彼此相爱，却也免不了离别。于是，离别之情只能用字句表达。

"情重更斟情"，因为深爱不舍离别，诗人薛涛写得情意绵绵，绮丽胶着。

去年晚春时，诗人的泪珠滴落在凋零的牡丹花上，怨恨这无奈的离别，只留下无限的相思。离别的伤痛，难免让人心生忧惧，怕这样的离别会像那巫山云雨一样一散不复聚。

世事无常又妙不可言。

望眼欲穿时，恰好又在不经意间相见。

害怕没有回归的日子，偶尔相逢，更是令人难掩喜悦。好像那武陵渔人见到桃花源，心生欢喜无数。

人生苦短，情缘也短，最应把情意表达，牡丹花香馥郁满心，是她的情意，虽然静默相对，却深情万千。

一场人生，到头来，无论华丽或是贫穷，都不过是那海面掠过的鸟影。

世事本就只是一场梦，世间也没有一物可以永恒。

所以，怕夜长梦多；所以，要惊心动魄。所以，只希望此刻可以与有情人同床共枕，夜阑人静时，同爱人话相思、诉衷肠，情同山海。

牡丹

（唐）薛涛

去春零落暮春时，泪湿红笺怨别离。

常恐便同巫峡散，因何重有武陵期。

传情每向馨香得，不语还应彼此知。

只欲栏边安枕席，夜深闲共说相思。

正月十五夜

（唐）苏味道

火树银花合，星桥铁锁开。

暗尘随马去，明月逐人来。

游伎皆秾李，行歌尽落梅。

金吾不禁夜，玉漏莫相催。

这首诗，读来字句锦绣里有绕梁三日的美在心里不断回旋。字句华艳里，如同看到一帧风情画。

真好，让人百看不厌。

盛唐的长安城，是个摇曳妖娆的城池，尤其是上元节的城。

火树银花里，是彻夜灯火璀璨的美丽的城。这是一个盛世，处处洋溢着欢愉的气氛，连城门上的铁锁也打开了，处处可通行，处处是喜悦。

人潮汹涌、车水马龙里，尘土飞扬，人皆欢乐；月光如水，也是应景得很，洒遍了每个角落，人在何处都可看到月华照耀。

歌姬们也皆纷纷出街，浓妆艳抹里尽见花枝招展，她们心甚喜悦，一路行走一路歌舞，歌唱的还是那首撩人心扉曼妙动听的《梅花落》。

风月良宵，真是令人赏不尽，不由得叹息"欢娱苦日短"，不知不觉到了深夜时分，可是欢乐的人们仍不愿回家，真希望这样一年一度的元宵不眠夜不要匆匆离去。

正月十五夜

（唐）苏味道

火树银花合，星桥铁锁开。

暗尘随马去，明月逐人来。

游伎皆秾李，行歌尽落梅。

金吾不禁夜，玉漏莫相催。

§

越古老越美好　遇见最美的唐诗

沁入心脾的最美唐诗，
是梧桐声声里的细雨，
亦是暗香浮动里的醉花阴，
更是小楼微凉里的，
春风习习……
云涛、晓雾、落红里，与它们邂逅，
便如若邂逅一场风花雪月，
诗情画意里，红尘再是纷扰，
心不再知晓何为倦怠。

美诗

白雪歌送武判官归京

（唐）岑参

北风卷地白草折，胡天八月即飞雪。

忽如一夜春风来，千树万树梨花开。

散入珠帘湿罗幕，狐裘不暖锦衾薄。

将军角弓不得控，都护铁衣冷难着。

瀚海阑干百丈冰，愁云惨淡万里凝。

中军置酒饮归客，胡琴琵琶与羌笛。

纷纷暮雪下辕门，风掣红旗冻不翻。

轮台东门送君去，去时雪满天山路。

山回路转不见君，雪上空留马行处。

西域八月，漫天飞雪。

诗人在塞外送别友人，就少了份离愁，多了份豪迈。

肆意的北风席卷了大地一夜，吹折了无数白草。中秋的八月，这荒凉的塞外竟已大雪纷纷，实在是绮丽绝美。今日，有友人即将踏上归京的旅途，诗人早起想要送别。推开窗户打开门，映入眼帘的是漫山遍野、挤满枝头的雪白"梨花"，好像一夜之间春风吹过，吹拂出这满目的"梨花"迎风怒放。

风早已停了，雪花也小，悠悠地飘散着，有的还钻进珠帘打湿了军帐。

虽然是八月，因为下雪天气还是异常冷的，穿狐皮袍或许也不能暖和起来。然而，边疆的战士们却没有一人喊冷。他们守卫在此，休憩在此，穿衣、拉弓、训练都不觉得冷，也没有任何怨言。

也是，天气虽然冷，但战士们保家卫国的心却是炽热的。

无边的沙漠，已然结成百丈的坚冰；忧愁的阴云，也密布凝结在天空中。那又如何，这也是一道独特的风景，不如在这样中原罕见的景致里高歌起舞。

于是，战士们在主帅的军帐里摆起筵席，搬来能找到的乐器，载歌载舞，开怀畅饮。琵琶、羌笛、胡琴声的缭绕下，送别宴席上少了很多忧伤。不知不觉，已经临近黄昏，夜色袭来，依然很热闹。

该是与友人分别的时候了，辕门外纷飞的雪花渐渐大了起来，友人开始踏上归途，在沉沉的夜色里迎着纷飞的大雪走出帐幕。诗人看见冻结在空中的军旗比过往更鲜艳、更绚丽，而它在寒风中毫不动摇的样子，让人想到的全是这些将士的样子。

　　送君不舍也终须一别，到轮台东门时雪越下越大，可是送行的人还在千叮万嘱归途的人，不肯回去。

　　茫茫白雪布满山间，你们终于在蜿蜒的山路里不见了身影，只留下雪地上马蹄深深踏过的印迹。

忽如一夜春风来，千树万树梨花开。
北风卷地白草折，胡天八月即飞雪。

169

白雪歌送武判官归京

（唐）岑参

中军置酒饮归客，胡琴琵琶与羌笛。

纷纷暮雪下辕门，风掣红旗冻不翻。

轮台东门送君去，去时雪满天山路。

山回路转不见君，雪上空留马行处。

北风卷地白草折，胡天八月即飞雪。

忽如一夜春风来，千树万树梨花开。

散入珠帘湿罗幕，狐裘不暖锦衾薄。

将军角弓不得控，都护铁衣冷难着。

瀚海阑干百丈冰，愁云惨淡万里凝。

白雪歌送武判官归京 （唐）岑参

美诗

节妇吟·寄东平李司空师道

（唐）张籍

君知妾有夫，赠妾双明珠。

感君缠绵意，系在红罗襦。

妾家高楼连苑起，良人执戟明光里。

知君用心如日月，事夫誓拟同生死。

还君明珠双泪垂，恨不相逢未嫁时。

一开始，我被"还君明珠双泪垂，恨不相逢未嫁时"这情深意浓的句子所吸引。

在全唐诗里，其实这首诗具有双重含义。

在文字的层面，它是在描写一位忠于丈夫的妻子，经过艰难的思想斗争后，拒绝了一位多情男子的追求。事实上，本诗的真正寓意是诗人表达忠于当朝，不被藩镇高官所拉拢、收买的坚贞决心。

用贞洁的妇女比喻自己，巧妙地拒绝对方，又不令对方面子上难堪，让对方知难而退。实在是唐诗中难得的佳作。

可是，对于我，对于我们后世的人，我们更希望欣赏的是它字面的意思。

你明明知道我已经有了夫君，却偏要对我用情，送我一对明珠。这让我非常感激你的深情厚意，平日里将这明珠系在我的红罗短衫上。可是，爱你一天就会想要一辈子的相依相守，而我家的楼阁连着皇宫，我的夫君他也拿着长戟在皇宫里任职。日思夜想，我知道你真心坦荡没有遮掩，奈何我早已与夫君发誓今生生死与共，不会分离。

只有泪眼涟涟地归还你送我的定情物——明珠，叹息我们没有相遇在我未嫁之时。

节妇吟·寄东平李司空师道

（唐）张籍

君知妾有夫，赠妾双明珠。

感君缠绵意，系在红罗襦。

妾家高楼连苑起，良人执戟明光里。

知君用心如日月，事夫誓拟同生死。

还君明珠双泪垂，恨不相逢未嫁时。

写情

（唐）李益

水纹珍簟思悠悠，千里佳期一夕休。
从此无心爱良夜，任他明月下西楼。

扫码聆听本诗文

写情，最绵密入心的还是诗词。

可以用一句诗诠释万千情绪。

比如，这首。

用七绝"写情"，诉说失恋的心情，不放过细枝末节。之所以可以写得这样刻骨入心，还得追溯诗人写这首诗时的心境。

蒋防在《霍小玉传》中这样说，李益年少时来长安应试，曾经与女子霍小玉相爱。霍小玉是长安名妓，艳极一时，吸引了很多人。两情相悦时，如胶似漆的二人立下终身相伴的誓言。谁知，李益回乡探望亲人，母亲为他和表妹卢氏订婚。他从小性子怯弱，更何况又生在"父母之命、媒约之言"的婚姻制度下，所以不敢违背母亲的意思，便负了霍小玉。霍小玉性子刚烈，知道后心怀怨恨而死。从此，李益"伤情感物、郁郁不乐"终生。

这首诗是他郁郁寡欢下的一种表达。

所卧的竹席这样珍贵华美，可是又怎样，自己依然怀有心事睡不着觉，思绪里全是远在千里之外、期盼已久的佳人之约被迫取消的事情。所爱的人，变了心，还是这样令人猝不及防，感伤便更深。"最难将息"时，夜深人静里更是不能入睡。

在这令人痛苦不堪的夜里，却是一片风清月朗、良宵美景的景象。于是，如此美好的夜晚就更添苦闷，根本不想理会这皎洁的月色和灿烂的星光。而且，不止今夜这样，自己从此后再不会对良辰美景充满憧憬。月上东楼也好，月下西楼也罢，若没了深爱的人，这月色又与自己有什么关系呢？

对于失恋的人，清冷的月色更是徒增了无尽忧愁！

从此无心爱良夜，任他明月下西楼。

写情

（唐）李益

水纹珍簟思悠悠，

千里佳期一夕休。

从此无心爱良夜，

任他明月下西楼。

美诗

听筝

（唐）李端

鸣筝金粟柱，素手玉房前。
欲得周郎顾，时时误拂弦。

和"近乡情怯"的意味一样，爱情中的人也会生"怯"的，比如这首诗中的弹筝女子。

　　她应该爱慕周郎很长时间了。

　　于是，她坐在玉房前，一双纤纤素手把金粟轴的古筝拨弄，优美悦耳的乐声，对她来说取悦周郎还不够。于是，她故意频频把琴弦拨弄错以博取周郎的注意。

　　爱恋的人儿，是会这样的。

　　她的心是很急切的，"怯"也由心生，只怕爱慕之人的心不在自己身上，所以想方设法地去吸引、去取悦。

听筝

（唐）李端

鸣筝金粟柱，

素手玉房前。

欲得周郎顾，

时时误拂弦。

赠婢

（唐）崔郊

公子王孙逐后尘，绿珠垂泪滴罗巾。
侯门一入深似海，从此萧郎是路人。

整首诗里的哀怨，来自诗人自己的悲情故事。

　　元和年间，诗人的姑母有一婢女，生得貌若西施，容颜姣美，令无数公子王孙竞相争逐。不过，她不为所动，而是与诗人相恋。可是，她毕竟身份卑微，无法掌握自己的命运，终究被卖给显贵于頔。她只能感叹命运太欺人，哭湿了罗巾无数。

　　诗人只是秀才一名，势单力薄，对此也无能为力，却为此念念不忘、思慕不已。

　　对于婢女来说，进入深幽的侯门，寂寞如海，然而那又怎样，在不能更改的命运面前，她只能将曾爱过的诗人看作陌路之人。

　　所以，即使他们在某一个寒食节邂逅，也不能表达只言片语。

　　于是，诗人有感而发，写下这首深情款款的诗。

　　传闻说，后来于頔读到此诗，感动至深，就让诗人把婢女领了回去。

　　也算难得的圆满！

　　这首悲欢离合的诗，也因为背后这样一段感人的故事被传为佳话。

　　从此之后，"侯门似海""萧郎陌路"的深意被广为借用。

侯门一入深似海，从此萧郎是路人。

赠婢

（唐）崔郊

公子王孙逐后尘，

绿珠垂泪滴罗巾。

侯门一入深似海，

从此萧郎是路人。

美诗

西施

（唐）罗隐

家国兴亡自有时，吴人何苦怨西施。

西施若解倾吴国，越国亡来又是谁？

西施之美，多被引申为"红颜祸水"。

话说回来，国家的兴亡成败，一个人的力量是改变不了的。这首小诗，是为了给西施所谓的罪证翻案的。

家国兴亡，自古以来都会有，成败得失也都原因复杂，不是一句话一件事可以说清的，又怎么能这么绝对地把亡国的罪责强加给西施之类的女性身上呢？

谁误了国家大事，谁心里明了。却硬要归罪给一些弱女子，是很不负责任的。

如若说西施是颠覆吴国的罪魁祸首，那么，越王并不宠幸女色，后来的越国也还是灭亡了，这又该去怪罪于谁呢？

自古以来，改朝换代，各有渊源，请不要盲目地将罪过归于"西施"之流的红颜了！

西施

（唐）罗隐

家国兴亡自有时，

吴人何苦怨西施。

西施若解倾吴国，

越国亡来又是谁？

美诗

赠少年

（唐）温庭筠

江海相逢客恨多，秋风叶下洞庭波。

酒酣夜别淮阴市，月照高楼一曲歌。

漂泊异乡，恨意会莫名地多。

尤其是在异乡漂泊的时候，忽然遇见友人，同是沦落江湖、政治失意客，所以苦恨的共鸣颇多。

人生在世，知己难求，才一遇到，又要别离。恨意就更多。

恰逢秋风瑟瑟，落叶萧萧，更触动了我们这些游子的愁肠。

酒逢知己千杯少，人生得意须尽欢。就是这样无力更改，不妨在深夜畅饮中告别这淮阴的街市，安然接受月照高楼的美好，引吭一曲这离别的歌。

江海相逢客恨多，秋风叶下洞庭波。

赠少年

（唐）温庭筠

江海相逢客恨多，

秋风叶下洞庭波。

酒酣夜别淮阴市，

月照高楼一曲歌。

美诗

新添声杨柳枝词

（其二）

（唐）温庭筠

井底点灯深烛伊，共郎长行莫围棋。

玲珑骰子安红豆，入骨相思知不知？

有情郎，即将远行。

深情的女子对情郎无比眷恋，临别时深情款款地嘱咐他：

我时常会跟你一起掷骰子来博"长行局"，但是绝对不会让你在这种游戏上耽误此次远行。

只希望你不要忘了回家的日子。

之所以陪你玩"长行"，也是想要让你知道，那玲珑骰子上深深嵌入的红豆，宛若女子一颗玲珑心中的入骨相思。

新添声杨柳枝词（其二）

（唐）温庭筠

井底点灯深烛伊，

共郎长行莫围棋。

玲珑骰子安红豆，

入骨相思知不知？

下第后上永崇高侍郎

（唐）高蟾

天上碧桃和露种，日边红杏倚云栽。

芙蓉生在秋江上，不向东风怨未开。

唐朝时候的科举，尤其重视进士。

所以，每年的新晋进士在放榜后都会在曲江亭摆设宴席，称为"曲江会"。届时会有很多围观的人，金榜题名的人也非常荣耀。

如同这诗中说的"天上碧桃""日边红杏"，金榜题名的人等于是"一登龙门，则身价十倍"。加上他们本就有可以倚仗的势力，凭借皇帝的恩宠，以后自然会春风得意、前程似锦。

然而，不献媚又没有背景的人，虽然才情满满，却很难金榜题名，诗人借用人间的"芙蓉"与天生赢家的"碧桃""红杏"来对比，抒发内心的愤懑。那又如何，谁让他们生长在这秋天的江边，只好去向春风抱怨花儿不开了。

怀才不遇，千古皆有的憾事。

芙蓉生在秋江上，不向东风怨未开。

下第后上永崇高侍郎

（唐）高蟾

天上碧桃和露种

日边红杏倚云栽

芙蓉生在秋江上

不向东风怨未开

美诗

离思五首

（其四）

（唐）元稹

曾经沧海难为水，除却巫山不是云。

取次花丛懒回顾，半缘修道半缘君。

扫码聆听本诗文

从前车马都慢，一生只够爱一个人。

诗人元稹就是如此。

在爱妻去世以后，他的心从此变成一片荒原。于是，他写下这样缠绵悱恻的情诗。

只要曾经到过沧海的人，从此别处的水就不足以看了；观赏过巫山的云，别处的云就都黯然失色了。

这是白译，其实隐喻的是他和妻子之间的感情。如这沧海的水，如这巫山的云，弱水三千只取一瓢的爱情至真至诚，世间无与伦比。所以，除了爱妻以外，再没有女子能使他动情了。

诗人如此深情，令万千世人感动。

因此，诗人每路过花丛都仓促而过，懒得回头看，更何况其他女子。

对诗人来说，这样做一半是因为你离去后我成了清心寡欲的修道人，一半是因为曾经拥有过你。

在你之后，世间再没其他女子可入我眼、我心！

离思五首（其四）

（唐）元稹

曾经沧海难为水，

除却巫山不是云。

取次花丛懒回顾，

半缘修道半缘君。

以素笔描绘诗的美意

以笔墨勾勒曼妙如斯

涂色页

桑妮

古典唯美主义畅销书作家。
有着水瓶座女子的敏感，文笔清丽缠绵，立意悲悯有爱。
代表作《民国女子：她们谋生亦谋爱》《若无相欠，怎会相见》
《且以优雅过一生：杨绛传》。
微博：@ 桑妮--sunny

三乖

浪漫才情美女画家。
用热爱绘制生活美意，每幅画都让你看到一阙词，一个故事，将岁月流转里的美
与感动极美呈现。
代表作品《小白快跑》。
微博：@ 三乖三乖

代代

中央人民广播电台文艺之声主持人，疗愈系女神。听她的声音，有一种清风霁月
的感觉；看她的微笑，更让人不自觉地暂放烦恼，想起美好的事情。
创办读书类音频公众号：代你朗读，是每个热爱生活之人的温暖小窝。
代代的微博：@ 主持人代代